Selinas Pfad

Zwischen Berufung, Leidenschaft und Geheimnissen

Prolog

„Selina", sagte sie. „Ja?" Das Mädchen blickte von ihrem Buch auf, das sie gerade las. Es war ein kalter Januartag im Jahre 1985, draußen vor der Tür lag Schnee und die Gehwege waren mit kleinen Kieselsteinchen bestreut, damit die Fußgänger nicht ausrutschten. Durch die Fensterscheiben sah Selina den Abend mit all seinem Dunkel hereinbrechen. Sie wunderte sich, dass ihre Oma sie so direkt ansprach, wo sie doch sonst so stumm war und abwesend und sie kaum beachtete. „Ja Oma, was ist?", fragte sie daher arglos. „Selina, du musst mir etwas versprechen, mein Mädchen", sagte ihre Großmutter und sie schien auch etwas dabei zu lächeln. Zumindest ihre Augen wurden auf einmal ganz mild. Selina wurde sogar etwas unruhig, warum musste die Oma so zu ihr sprechen und warum um alles in der Welt tat sie dabei so geheimnisvoll? „Oma, was hast du denn?", erwiderte sie in ruhigem Ton, doch die Großmutter spürte bestimmt Selinas Nervosität. „Siehst du das Foto dort oben auf dem Schrank?", fragte ihre Oma und Selina legte nun ihr Buch beiseite. Ja, sie kannte das Foto. Natürlich! Es waren ein junger Mann und ihre Oma als junge Frau. Beide lachten und er hielt sie an der Hand. „Selina, hör mir bitte jetzt zu", sagte ihre Oma noch plötzlich eindringlicher. „Wenn ich einmal nicht mehr lebe, dann versprich mit bitte etwas!" Selina nickte nur und wunderte sich dennoch über die Beharrlichkeit der älteren Frau. Dann hörte sie die Worte ihrer Großmutter und behielt sie in ihrem Herzen.

Wenige Zeit später, der Winter blieb beharrlich kalt und ein eisiger Wind blies durch die Straßen, lief Selina in die Kaufhalle, um dort für ihre Eltern etwas einzukaufen. Die Nasen und Wangen der Menschen waren rot gefroren und kleine Eiskristalle glitzerten in der Luft. Selbst die spazierenden Hunde froren und wollten so schnell wie möglich unbedingt wieder ins Warme. Eine lange Schlange von Menschen traten vor der Kaufhalle von einem Bein auf das nächste und man sah, dass sie ärgerlich schienen, denn mancher Herr runzelte die Stirn und manche Frau drückte verbissen die Lippen aufeinander. Sie standen an, um einige der begehrten Südfrüchte zu erstehen, die aus dem weit entfernten Kuba verschifft worden waren, zu ihnen hier, damit sie hier nun einige der begehrten Orangen den Kindern als Vesper anbieten konnten. Eine Frau trat endlich aus dem Verkaufsladen, lief an der Schlange der Wartenden schnellstens vorbei und sie schien ziemlich froh, denn sie hatte ein Netz der Südfrüchte bekommen und der neben ihr laufende kleine Junge schmiegte sich glücklich an ihren langen Wollmantel, während sie von der Kaufhalle nach Hause liefen. Selina wollte sich nicht dort anstellen, wo es wohl die Orangen gab, denn ihre Eltern hatten das auch nicht zu ihr gesagt und daher lief sie an der Menschenschlange vorbei und betrat den anderen Verkaufsraum. Sie lief durch die Regale und fand alles, was sie kaufen sollte recht schnell. Nachdem sie alle Besorgungen dort erledigt hatte, ging sie eilig wieder nach Hause. Wozu sollte sie sich auch länger als nötig in der bissigen Kälte aufhalten? Sie wünschte sich zu dem Ort, an dem die Orangen wuchsen. Es musste doch dort sehr schön sein.

„Wir müssen mit dir reden!", sagten eines Tages ihre Eltern. Warum mussten immer alle mit ihr reden, sie war doch erst 15 geworden. Selina sagte dennoch nichts und folgte ihren Eltern an den eichenen Esstisch, der im Wohnzimmer stand. Sie ließ sich sachte auf den Samt des Stuhles fallen und kreuzte ihre Beine unter dem Tisch. Sie hörte zu- Ihr Vater seufzte und sprach: „Oma ist gestorben. Wir wollten es dir gleich sagen, aber es ist traurig für uns." Selina schaute ihre Eltern etwas verdutzt an und dachte: „Warum seid ihr so kalt?" Ihre Mutter hatte aber plötzlich Tränen in den Augen, aber sie sagte kein Wort, sondern drückte die Hand ihres Mannes so fest, dass die Adern seiner Hand unter der Haut hervortraten. Selina wusste nicht, was sie sagen sollte oder was überhaupt angebracht war, zu sagen oder ob man eigentlich lieber gar nichts sagen sollte? Sie zögerte etwas, doch dann sagte sie schließlich: „Ich wusste das schon, es ging ihr immer so schlecht."

Am Tag der Beerdigung der alten Frau kamen alle Verwandten, die noch am Leben waren, um sich von Großmutter zu verabschieden. Blumenkränze säumten das Grab und während der anschließenden kleinen Gedächtnisfeier zündeten alle eine Kerze an, so dass jeder Gedanke an sie in der kleine Flamme tanzte und schließlich sangen die Gäste ein Lied zum Lobpreis der alten Frau. Selina aber dachte auch etwas wehmütig und betrübt an das Versprechen, das sie ihrer Oma gegeben hatte und sie fühlte auf einmal den Schmerz, dass sie sie hier zurück gelassen hatte. Ihre Eltern wirkten klein und alt, aber ihre Mutter drückte Selina ein bisschen an sich und Selina wusste, wie traurig sie war. Die Wohnung der alten Frau war nun leer geräumt, nur das Foto hatte Selina retten können, so wie sie es ihr versprochen hatte, sowie noch das dazugehörige Geheimnis. Nun dachte sie daran, was sie tun solle, um das Versprechen einzulösen. Ihre Eltern hatte sie nicht eingeweiht, denn sie wollte sie nicht aufregen, zumal diese Sache auch etwas romantisch zu sein schien und sie das sicher gar nicht verstehen würden. Die hereinbrechende Nacht lag schwer auf der Erde und unzählige Sterne funkelten am Himmel, als Selina endlich in den Schlaf fand, der ihr Ruhe bringen sollte. Sie schreckte jedoch mitten in der Nacht plötzlich auf, lief zum Fenster hin und sah auf einmal kurz ihre Oma in dem draußen tobenden Schneegestöber. Ihr Gesicht lächelte ihr zu und sie schien ihr sagen zu wollen, dass es ihr gut gehe. Selina schlief wieder ein, aber draußen tobte der weiße Flockenwirbel weiter, als wolle er allen zeigen, wie wenig sie gegen ihn machen konnten. Wenn doch nur der Winter vorbei wäre.

Selina wuchs zur jungen Frau heran und dachte gar nicht mehr an das Versprechen, dass sie damals im kalten Winter des Jahres 1985 ihrer Oma gegeben hatte. Sie war beschäftigt mit ihrem schweren Studium der Medizin, an dieser Universität, wo alle ihrer Freunde waren und wo die Professoren von ihnen so viel verlangten. Ärztin wollte Selina werden, Menschen helfen, denn das war schon immer ihr größter Traum gewesen. Ihre alten Eltern sah sie kaum noch, sie lebten weiter in der kleinen Stadt und manchmal meldeten sie sich am Telefon und fragten, wie es ihr dort gehe an der großen Universität. Selina war sogar sehr glücklich, die Straßenbahn quietschte vor ihrem Fenster und die Menschen eilten emsig umher, um dies und jenes zu erledigen. Im Fernsehen sah man viele in den Westen gehen, das Land, in dem Selina aufgewachsen war, schien auf einmal zu zerfallen und niemand war darüber besonders traurig, zumindest schien es ihr so. Die Euphorie der Wendezeit beflügelte auch Selina in ihrem schweren Studium der Humanmedizin, wo sie auch bis abends in der Bibliothek lernte, um die Klausuren der Professoren zu bestehen. Ihre neue Freundin Karolina rief sie eines Nachmittags an: „Hallo Selina, hast du gehört, man kann rüber fahren, es ist alles auf, wollen wir nach München?“ Selina lachte: „Na du hast Ideen, morgen habe ich das Physikum. Ich kann doch da jetzt nicht mit dir da hinfahren!“ Karolina schien nun etwas beleidigt von der Antwort ihrer Freundin und meinte etwas schnippisch: „Na gut, dann ein anderes Mal.“ Selina legte auf und spürte sehr leicht in sich, dass vielleicht doch etwas nicht so ganz in Ordnung war. Es war nur ein Gefühl, sie wusste nicht, ob es an dem Studium lag oder an ihrem komischen Magenkribbeln, das sie öfter am Tag hatte. Und noch dazu München! Was sollte sie denn dort? Sie kannte doch dort niemanden und es schien ihr auch ziemlich weit weg. Aber Karolina hatte schon immer mal solche Ideen gehabt, einmal waren sie nachts noch zu einer Studentenparty gegangen und hatten bis frühs dort gefeiert, nur weil Karolina das so mega gefunden hatte. Selina ging etwas nachdenklich in ihr Zimmer und suchte nach ihren Studienheftern, als sie auf einmal das Foto fand. Sie erschrak, sie hatte das Versprechen ihrer Oma ganz vergessen gehabt.

Der Zug hielt und Selina stieg eilig mit Karolina hinein, denn sie hatten einen Platz reserviert und waren beide so glücklich wie kleine Kinder, als der Zug endlich abfuhr. Es waren sehr viele andere Leute mit im Zug. Sie fuhren wirklich nach München! Sie würden dieses Land verlassen, wo man Orangen nur einmal im Jahr bekam, zumindest für diese Reise in den Semesterferien. Sie kicherten wie kleine Mädchen, denn in dem Zug waren so viele Menschen, die mit Reisetaschen und Rollkoffern einfach auch sehr lustig aussahen, da sie alle ohne Dach über dem Kopf waren und sich stattdessen in einen Zug quetschten, der sie an einen anderen Ort bringen sollte, wo sie wieder das suchten, was sie nie fanden, das Glück. Glück, was das überhaupt war? Glück war es bestimmt, dass man überhaupt einmal reisen konnte, ja es durfte. Dass man etwas Sehen konnte, eine Landschaft, die vorbei flog und eine Stadt, in der man hielt und deren Namen man sofort vergessen hatte, sobald der Zug davon gefahren war. Auch Selina und Karolina hatten dieses Glitzern in den Augen, dass sie endlich auch einmal weg durften von ihrem schweren Studium und den vielen Lektionen, die sie lernen sollten. Als der Zug nach langer Fahrt in München hielt, konnten sie endlich das andere Land betreten. Selina murrte, denn das Hotel, in dem sie ankamen, gefiel ihr nicht. „Wir hätten etwas anderes buchen sollen", sagte sie leise zu ihrer Freundin. Es war alles teuer, glänzend und das Licht schien ihr zu hell. Wozu wollte man diesen Prunk für Menschen, denen das nichts zu bedeuten schien? Karolina, die eine andere Natur hatte als Selina, fand das Hotel jedoch nach ihren Worten: „Grandios!" Die beiden Freundinnen lagen später im Kurbereich in weißen Bademänteln in Plastikliegen und sippten an Getränken, die sie nie zuvor probiert hatten. Es war schon auch der reinste Luxus, tatsächlich gab es schon zum Frühstück die feinsten Speisen, Kaffee und Säfte, und auch Orangen, in kleine Scheiben geschnitten, und Selina wurde etwas rot, als sie daran dachte, wie sehr die Menschen sich damals nach diesen Früchten gesehnt hatten. Es musste richtig sein, dass es dieses Land nicht mehr gab. Es musste doch alles so sein.

München war ein reger Ort mit vielen immergleichen Straßenzügen und zappeligen Menschen, die eilig umherliefen, aber auch gerne in den zahlreichen und teuren Cafés der Stadt verweilten. Abends gab es in dem Hotel ein deftiges Buffet an Speisen, von denen Selina und Karolina zwar gehört hatten, die sie aber nun zum ersten Mal in ihrem Leben probierten. Brezeln und Leberkäse dazu etwas Salat und die beiden Freundinnen waren auf einmal froh, dass sie dieses Abenteuer gewagt hatten. „Cheers, meine Liebe!", prostete Karolina ihrer Freundin zu und lachte über beide Ohren, als sie von der Bedienung ein Getränk mit Schuss serviert bekamen. Am Rand das Glases hing eine Orangenscheibe.

Es war schließlich Sommer geworden, die Hitze machte den Menschen zu schaffen und Selina hatte endlich die schweren Prüfungen geschafft, als sie widerwillig das Foto ihrer verstorbenen Oma hervorkramte. Sie betrachtete es und dachte daran, dass beide so glücklich darauf wirkten. Ach hätte sie doch auch so einen jungen Mann, wie ihre Oma damals als junge Frau. Die Liebe hatte es bis jetzt nicht gut mit ihr gemeint, ja sicher da gab es einige Bekanntschaften in Selinas Leben, denn ihre blonden feinen Haare und ihre blau-grauen Augen schienen auch eine gewisse Anziehungskraft zu haben. Sie trug die Haare meist etwas nach oben gesteckt, nur abends, vor dem Zubettgehen, löste sie die feste Spange und die Haare fielen einigermaßen weich bis etwas über den Schultern herab. Sie machte sich einige Haarklemmen hinein und wusch ihr Gesicht und cremte es mit etwas nach Rosen duftender Creme leicht ein. Die Augenbrauen zupfte sie sich zu einem schmalen Strich und drehte ihr Gesicht im Spiegel, wie um sich zu sagen, dass sie vielleicht doch ganz hübsch geraten war. Sie sah sogar der Frau auf dem Foto ähnlich mit den schmalen Lippen und dem ernsten Blick. Wie glücklich musste sie da gewesen sein? Sie hatte ihr doch etwas versprochen, sie hatte das doch versprochen.

Selina schrieb die Zeilen, von denen sie dachte, dass sie sie schreiben musste. Es war das Versprechen, das sie im Winter 1985 gegeben hatte. Sie hoffte, dass ihre Oma im Himmel glücklich darüber wäre, wenn sie wüsste, dass sie dem Sohn des jungen Mannes auf dem Foto schrieb. Er sollte endlich, das bekommen, was sie seinem Vater versprochen hatte, der eine andere Frau geheiratet und mit ihr einen Sohn bekommen hatte. Ihre Oma hatte es ihr nur bruchstückhaft erzählt, aber es schien ihr sehr wichtig zu sein, dass dieser Sohn das bekam, da sein Vater bei einem Unfall ums Leben gekommen war. Sie wollte ihm einen Teil ihres Schmuckes vermachen, das musste Selina ihr damals versprechen. Selina holte die goldfarbenen Ketten und den Saphirring aus dem Kästchen unter ihrem Bett. Sie hatte seit dem Versprechen das schlechte Gewissen, da sie sie behalten hatte, ohne sie wie versprochen dem Sohn des Freundes der Großmutter auszuhändigen, da er seinen Vater so früh verloren hatte und anscheinend die Oma auch nach der Hochzeit mit der anderen Frau noch in Kontakt mit dem jungen Mann von dem Foto stand. So richtig verstand Selina diese Liebessache auch nicht, aber ältere Menschen können auch sonderbar sein und sie hatten sicher auch ein Leben von dem Selina oder andere gar nichts wussten und dass sie eigentlich durchaus auch nichts anginge. Schweren Herzens wollte sie nun endlich das Versprechen einlösen. Er sollte es endlich bekommen.

Der Mann, den Selina am Telefon hatte, klang etwas kränklich. „Wer sind Sie?", fragte er nur. „Ach bitte nicht Sie! Haben Sie mir diesen Brief geschrieben?" Selina sprach nun einfach drauf los und sie glaubte, dass er ihr das nicht glauben würde, was sie erzählte. Er lachte nur und sagte: „Deswegen rufen Sie mich nun schon wieder an? Mein Vater hat nie von ihrer Oma erzählt, ich kenne sie gar nicht." Selina wirkte etwas enttäuscht, das war also nun das Versprechen? Das war nun der große Tag, an dem sie es eingelöst hatte, nur um zu erfahren, dass derjenige die Sachen gar nicht wollte und sogar in bittere Abwehr geraten war. Selina murmelte leise: „Entschuldigen Sie bitte, aber meine Oma und ihr Vater müssen einmal sehr glücklich gewesen sein und anscheinend hat sie sogar nach ihrer Trennung noch ein Interesse an seinem Sohn." Der Mann am Telefon schwieg einige Zeit, als er schließlich sprach: „Hören Sie, das ist lange her. Ich glaube nicht, dass Sie das verstehen können, dass ich diesen Schmuck nicht annehmen kann. Behalten Sie das einfach oder geben Sie es ihrer Mutter, aber ich möchte es nicht." Selina hatte nicht mit dieser Reaktion gerechnet, sie hatte gehofft, er wäre dankbar, eine Erinnerung an etwas aus dem Leben seines Vaters zu haben, das eine Art Wert hatte, den man nicht kaufen konnte.

Als Selina ihre Praxis an einem Märztag eröffnete, trug sie den Ring ihrer Großmutter und es fühlte sich richtig an. Aber das Versprechen, dachte sie, das konnte sie nicht halten. Doch war es denn ihre Schuld, warum musste sie es geben und sie kannte diesen Mann und dessen Sohn auch überhaupt nicht. Wenn man jemandem etwas verspricht, so muss man es doch halten? Aber was, wenn das Ganze anders als erhofft werden würde und wenn die Person, der man es gegeben hat, nicht mehr da war und man darüber in eine Art Unglück gebracht worden war, in Gewissensbisse und nach dazu hatte Selina sich gefühlt, als ob sie sich lächerlich gemacht hatte mit dem Wunsch der alten Frau. Aber es war ihre Oma, also musste sie es doch machen.

Die Arztpraxis war recht modern eingerichtet und einige Möbel waren aber vom Flohmarkt, das sollte etwas gemütlicher wirken. Zu Karolina hatte Selina fast den Kontakt verloren, sie war weggezogen mit ihrem Freund und hatten wohl schon ein Kind bekommen. Selina wusste genau, dass sie Karolina für immer vermissen würde. Sie hatte ihr nie von dem Versprechen erzählt, das trug sie alleine herum, aber dass Karolina so Hals über Kopf sich dann verliebt hatte und die Anrufe und Treffen immer weniger wurden, das war für Selina eine weitere schmerzliche Erfahrung, aber vielleicht ist es normal, dass man sich verändert. Sie war ja mittlerweile selbst Ärztin, eine junge zwar, noch kamen nicht viele Patienten, aber sie glaubte, dass sie es schaffen würde. Ihre Eltern waren zur Eröffnung gekommen und ihre Mutter umarmte sie und sie tranken zusammen einen teuren Sekt, dessen Perlen im Mund tanzten. So en Ring von der Oma, das brachte eben jetzt ihr das Glück und warum hatte sie es jemandem geben wollen, der ihn gar nicht verdiente? Etwas ratlos über ihre eigenen Gedanken war sie schon geworden, dennoch fühlte es sich merkwürdig an, dass sie immer wieder über das Versprechen grübelte. Dennoch vergingen die Tage oft so schnell und sie kam kaum dazu nachzudenken, denn in ihrer Praxis gab es viel zu tun, Rechnungen schrieb sie immer am Nachmittag und wenn sie abends zu Hause ankam, denn legte sie sich glücklich auf ihr Sofa und sah zum Fenster hinaus, um daran zu denken, was wohl all die anderen Menschen in ihren Wohnungen gegenüber gerade machten.

„Frau Doktor," der Mann, der ihr gegenüber saß war ein älterer Herr. „Können Sie mir bitte helfen? Ich kann nachts nicht mehr schlafen, seit meine Frau gestorben ist." Selina schaute ihn an, ihre grau-blauen Augen musterten ihn und kurz dachte sie daran, wie sie damals im Schlaf hochgeschreckt war und das Gesicht ihrer Oma im Fensterglas gesehen hatte. „Ja, erzählen Sie doch einmal, welche Beschwerden haben Sie?“, fragte sie ihn. Der Mann erzählte von Unruhe, von nächtlichen Toilettengängen und dass er sich hin und her wälze. Der Verlust eines geliebten Menschen kann traumatisch sein und an was wir gewöhnt sind, das vermissen wir am meisten. Sie gab dem Mann eine Überweisung zu einem Psychologen, denn er hatte schon eine somatome Störung davon getragen. Natürlich dachte Selina nicht in Mitleid an ihn, denn sie war Ärztin und sie konnte ihm helfen, das war etwas sehr Schönes. Sie konnte ihm helfen, damit umzugehen, dass seine Frau von ihm gegangen war. Alles Körperliche hatte sie bereits abgeklärt, daher konnten die Beschwerden nur psychischer Natur sein. Der Mann hatte längst die Praxis verlassen. Da fühlte Selina eine plötzliche Leere in sich aufkommen. Ihre Arzthelferin war schon nach Hause gegangen und sie wartete noch auf die Reinigungsfrau, die die Praxis sauber machen sollte. Im Wartezimmer war soweit alles in Ordnung, die Stühle standen da, als ob sie darauf warteten, dass endlich wieder jemand auf ihnen Platz nähme.

Es war Urlaubszeit und Selinas Praxis war für zwei Wochen geschlossen. Sie hatte ihren Koffer bereits gepackt, alle wichtigen Cremedosen und sommerliche Kleidung hatte sie schon verstaut, heute wollte sie noch einen Bikini kaufen, da der vom letzten Jahr ihr etwas zu klein geworden war. Sie wollte eine Busreise nach Frankreich unternehmen. Etwas, was sie sich schon lange gewünscht hatte. In der Schule hatte sie die Sprache nie gelernt, aber bei der Reise sollte ein Reiseführer der Sprache mächtig sein und Selina freute sich schon auf Paris, wo sie drei Tage bleiben würden. Dann ging es weiter Richtung Bretagne und zum Mont St. Michel, anschließend in würden sie nach Süden fahren und La Rochelle und Bordeaux standen als nächste Etappen in der Reiseroute. Selina war froh, denn die Frau in der Reiseagentur hatte ihr versichert, dass all die Sehenswürdigkeiten ihnen erklärt und gezeigt würden, sie bekämen ein Headset mit den Übersetzungen. Und am meisten freute sich Selina auf Karolina, die mit an der Reise teilnehmen würde.

„Selina!" Karolina winkte und lief lachend auf sie zu. Ihr Mann und ihr Sohn waren auch dabei. Sie fiel Selina um den Hals und Selina war so glücklich, dass sie sich wiedersehen würden. Der kleine Sohn war ganz tapfer, aber man sah, dass er die beiden Frauen etwas komisch anguckte. Karolinas Mann gab ihr die Hand und sie blitzten einander an. „In 10 Tagen bin ich schon zurück, Louis, mach dir keine Sorgen, Mami schickt euch ganz viele Bilder!" Louis quietschte und der kleine Junge war auf einmal stolz, so eine lebenslustige Mutter zu haben und so einen feinen Herr Papa, der seine Mami so sehr liebte. Zu Hause wartete außerdem die Oma und sein kleiner Hase auf ihn und sein wunderschönes Zimmer, wo es sogar eine kleine Autorennbahn gab und wo er und sein Papa den ganzen Tag Rennen fuhren. Karolina wirkte etwas größer als Selina das in Erinnerung hatte, ihre Haare trug sie viel kürzer als früher und ihre Augen wirkten wach wie immer. Sie verabschiedeten sich von Karolinas Familie und schon setzte sich der Bus in Bewegung.

Als sie in Paris ankamen, sah man schon die ersten
Sonnenstrahlen auf der Seine tanzen. Sie hatten im Bus
geschlafen. Die Reisegruppe bestand aus verschiedenen Leuten
und der Bus hatte auf dem Weg nach Frankreich mehrmals
gehalten und Menschen waren aufgeregt aufgeregt
hinzugestiegen. Sie fuhren schon vorbei am Eiffelturm direkt
zum Hotel und Karolina und Selina packten eilig ihr
Handgepäck, denn nun waren sie doch endlich angekommen. Im
Hotel gab es in der gemütlichen Lounge zunächst einen Café au
lait, bevor alle Reisenden ihre Zimmer bezogen, aber bald schon
würden sie an der Seine entlang laufen, daher war die Pause nur
kurz.

Der Urlaub war längst vorüber und Selinas Tage waren
völlig ausgeschöpft durch ihre Arbeit. Abends hing sie müde ihre
weiße Ärztinnenkleidung an den Haken, suchte schon für den
nächsten Morgen die gewaschene Kleidung heraus und legte sie
behutsam über eine Stuhllehne. Auf dem Tisch lagen mehrere
bunt bedruckte Einladungen zu einem Kongress für Ärzte, aber
Selina konnte im Moment ihre Patienten nicht im Stich lassen,
denn es kamen immer mehr und manchmal musste sie auch
Hausbesuche machen, daher waren ihre Tage so gefüllt und ihre
Nächte sehr kurz, denn ihr Beruf war für sie eine Berufung und
es verging kein Tag, an dem sie nicht froh war, dass sie Ärztin
geworden war. Sie hatte gar keine Zeit für einen Mann oder eine
Familie, ab und zu sah sie Karolina wieder, seit der Reise hatten
sie wieder oft Kontakt. Ihre Eltern kamen ab und an zu Besuch
und waren anscheinend zufrieden, dass es ihrer Tochter gut ging,
aber Selina glaubte schon, dass die beiden bestimmt gerne Enkel
hätten. Nur Selina wusste wirklich nicht, wie sie denn einen
Freund bekommen sollte. Langsam war sie auch schon älter

geworden, ihre feinen Haare waren sogar ganz hübsch, dennoch sie hatte nie das Bedürfnis nach einem Freund oder warum wollte sie eigentlich keine Familie, so wie Karolina? Manchmal dachte Selina, dass sie zu viel arbeitete. Ihr blieb ja vom Tag gar nichts übrig außer dass sie in der Praxis war und dann noch bis abends am Computer alle möglichen Rechnungen bearbeitete, die ihre Arzthelferin nicht geschafft hatte. So ein Leben zwischen Praxis und Bett, ob es das war? Eigentlich kamen nun Selina doch einige Zweifel, die ihre Gedanken auch belasteten. Sie war zwar schon ziemlich glücklich und es fehlte ihr auch im Grunde genommen an nichts, aber war sie nicht auch sehr einsam? Selina dachte darüber lange sehr intensiv nach und darüber schlief sie schließlich ein und erwachte am nächsten Morgen etwas gerädert und mit einem fahlen Teint, der ihr Gesicht hatte um Jahre altern lassen.

Es war wieder eine warmer Sommertag geworden und als Selina ganz früh am Morgen ihre Praxis betrat, öffnete sie zunächst eines der großen Fenster, schaute, ob im Bad alles in Ordnung war und dachte auch an den frischen Blumenstrauß auf dem Tresen, an der Patientenaufnahme. Der Computer der Arzthelferin war auf stand by, so wie man es ihr geraten hatte, daher schaute Selina nur kurz über den Schreibtisch, ob ihre Angestellte auch nichts benötige. Die Tür ging auf und einer ihrer Patienten kam schon herein. „Ach guten Morgen! Bin ich froh, dass Sie da sind!“, sagte der Patient, aber Selina war etwas verdutzt, denn sie hatte wohl die Tür schon aufgeschlossen gehabt, obwohl es noch nicht einmal 8 Uhr war. Nun ja, nun war er eben schon da und sie sagte: „Herr Neubert, ja, bitte gedulden Sie sich noch im Warteraum, bis die Schwester Sabrina sie gleich aufruft zur Anmeldung!“ Just in dem Moment betrat auch die benannte Sabrina die Praxis, natürlich war sie eigentlich etwas zu spät und Selina sollte mit ihr einmal darüber sprechen, aber ansonsten war sie ganz zufrieden mit ihr, denn sie erledigte die Arbeit recht schnell und war freundlich zu den Patienten, auch wenn es einmal stressig wurde. Ein bisschen eher könnte sie aber wirklich da sein. Selina grüßte sie und sie wechselten einige Worte und so begann der Tag, fast so wie der davor und wie der davor und wie der davor, als ob alle Tage Zwillinge wären.

Als Herr Neubert schließlich im Behandlungszimmer war, wurde er abgehört und auf der Liege untersucht, da er über Schmerzen im Brustbereich klagte. Selina konnte eine leichte Verletzung des Rippenzwerchfells ausmachen, aber Herr Neubert konnte nicht erklären, woher er diese wohl haben mochte. Selina verschrieb ihm ein Medikament und bestellte ihn für die nächste Woche, bis dahin sollte er sich schonen und seiner Arbeit fern bleiben, denn er war Busfahrer und viel unterwegs. Die anderen Patienten, die zu Selina kamen, wurden ebenso aufmerksam von ihr behandelt und der Tag verging so wie die anderen zuvor.

Ihre Mutter klang schon durchaus etwas seltsam, als sie anrief. Ihr Vater lag im Krankenhaus der kleinen Stadt und war zuvor schwer zu Hause gestürzt. Selina versuchte ihre aufgelöste Mutter am Telefon zu beruhigen und versicherte ihr, dass die Ärzte sicher alles machen würden, was in ihrer vorhandenen Macht stünde und dass es ihm sicher bald besser gehe. Selinas Mutter wollte, dass sie unbedingt kommen solle und Selina spürte, dass sie nicht *nein* sagen durfte, denn der Sturz war auch aus ihrer Sicht sehr schlimm. Daher schloss sie nun ihre eigene Praxis aus privaten Gründen für einige Tage, ein Schild an der Tür sowie eine Nachricht auf dem Anrufbeantworter wies die Patienten darauf hin, und sie begab sich in die kleine Stadt, in der sie aufgewachsen war. Ihre Mutter stand schon in der Tür und drückte Selina so fest an sich, dass diese fast keine Luft mehr bekam. „Es geht ihm immer noch nicht besser", klagte sie Selina sofort ihr Leid. Selina sagte: „Ja, es ist schon gut, wir besuchen ihn gleich, lass mich nur meine Sache aus dem Auto holen, dann trinken wir einen Kaffee oder Tee, was du gerne magst und fahren zu Vater!" Ihre Mutter wirkte beruhigt und ihre Miene hellte sich auf: „Selina, du bist ein Schatz! Es ist so schade, dass wir du immer so weit weg bist. Komm schnell herein!" Es war merkwürdig wieder in ihrem alten Zuhause zu sein, denn sie war lange nicht da gewesen.

Nur wenige Tage später war ihr Vater gestorben. Selina hatte wirklich nicht damit gerechnet und es schmerzte sie, dass ihre Mutter nun so unglücklich war. Gegen das Sterben gab es keine Medizin der Welt. Selina nahm ihre Mutter mit zu sich, denn es gab keinen anderen Weg mehr.

Selinas Mutter ging es besser, der Unfall des Vaters, der schwere Sturz, war nun etwa ein halbes Jahr her, ganz genau wusste sie es manchmal auch nicht. Sie hatte es zwar auch nicht verkraftet, aber sie musste damit umgehen, dass ihr Mann nie mehr wieder kommen würde und auch Selina spürte die Lücke in ihrer Familie und es war nicht so wie bei dem Verlust ihrer Oma, aber sie fühlte auch eine Art Schmerz, der des Nächtens in ihren Träumen wiederkam und sie am Morgen bleich und fahl aussehen ließ. Wenn dies der Fall war, machte sie stets eine Kohlegesichtsmaske, wodurch ihr Gesicht richtig schwarz wurde und nur noch die ungeschminkten Augen hervortraten und dabei trank sie einen Kräutertee aus dem Reformhaus, um sich wieder herzustellen. Sie wusch die Maske nach der Einwirkzeit mit lauwarmem Wasser herunter. Ihrer Mutter hatte sie eine kleine Wohnung in der Nähe ihrer eigenen besorgt und sie glaubte, dass es ihr dort gut ging, denn wenn sie sie besuchte, wirkte sie auf einmal wieder viel frischer und jünger. Manchmal tranken sie einen glatt gerührten Milchkaffee miteinander oder sprachen über ihren Vater, aber oftmals gingen sie auch gemeinsam spazieren am Ufer des großen Flusses, wo andere Leute mit ihren langbeinigen Hunden oder ihren Kindern entlang liefen oder sogar joggten. Das war jedes Mal eine Erfrischung und Selina war auf einmal froh, dass ihre Mutter so lebenshungrig geblieben war und dass es so viele naturverbundene Menschen um sie herum gab. Der Fluss war ein beliebtes Naherholungsziel, an seinem Ufer entlang, liefen schmale Wege und es gab einige Bänke, auf denen man verweilen konnte und wovon viele vor allem in den warmen Sommermonaten Gebrauch machten, wenn die Tage länger wurden und die Bienen summten. Dann war am Rande des Flusses ein Ort, wo man zu sich finden konnte und wo man froh war, dass es diesen Fluss und seine Wiesen gab. Auch viele Hunde sah man dort immer, die fröhlich an Leinen geführt umherliefen oder nach Bällen und Stöckchen rannten, die die Menschen für sie zum Zwecke des Spielens und Tobens warfen. Ihr freudiges Gebell schreckte oft die auf dem Fluss schwimmenden Enten auf, die mit lautem Gegacker in den Himmel flogen.

Die Praxis lief so gut, dass Selina sogar eine weitere Arzthelferin brauchte. Es kamen so viele Bewerbungen, dass sie Sabrina mit hinzu nahm, denn schließlich musste sie mit der „Neuen" zusammenarbeiten und gemeinsam sichteten sie die Bewerberinnen, die ihnen beiden am meisten zusagten, wobei Selina natürlich andere Kriterien als ihre Arzthelferin hatte und sich schließlich da auch durchsetzen musste. Es fing dann im neuen Monat eine zweite Helferin an und Selina hoffte auch sehr menschlich, dass es ihr gefiele, in ihrer Arztpraxis zu arbeiten. Sabrina war jedoch seitdem unglücklich, denn die Neue war doch recht forsch zu ihr und sie verstanden sich nicht so gut, wie man es hätte annehmen sollen. Auch die Patienten merkten das, aber Selina fand, dass die beiden sich wirklich auch einmal etwas zusammen reißen konnten. Sie brauchte dringend neue Influenzaimpfmittel und als sie den beiden die Bestellung dessen auftrug, wurde die Neue sehr unwirsch und sagte, sie habe nun im Moment keine Zeit mehr, da ihre Arbeitszeit für heute herum sei. Sie wies auf die große Wanduhr, die bereits nach um vier Uhr anzeigte. Mit diesen Worten verließ sie die Praxis und kam auch erst am nächsten Morgen wieder, an dem sie die von Selina, die ja ihre Chefin war, geforderte Bestellung auslöste.

Selinas Mutter wunderte sich dennoch, dass ihre Tochter, die nun schon über dreißig war, so gar keinen Mann hatte oder gar kein Interesse an einem bis jetzt gezeigt hatte. Was ist schon Liebe? Seit ihr Mann tot war, wusste sie es selbst nicht mehr, da sie auch langsam die Erinnerung verdrängen wollte. Sie fühlte sich auch deswegen anders seitdem, es schien ihr nicht zu gefallen, aber was sollte sie tun, in ihrem Alter. In ihrem Alter sollte man froh sein, gesund zu sein und einigermaßen im Spiegelbild etwas herzugeben. Trotzdem die Tage der Jugend fehlten ihr und wo Selina klein war, da war sie am glücklichsten gewesen. Denn diese Zeit war erfüllend und sie hatte es genossen, dass sie Mutti geworden war, obwohl damals die Zeit der Orangen war, wie Selina es immer nannte. Sie dachte ungern daran zurück, denn das Grimmige der Zeit war ihr geblieben in ihrem Gesicht. Ihre Lippen und Umrisse der Nase waren so starr und sie wollte so gern so sein, wie diese neuen Mädchen, die sie in der Großstadt sah. Doch dann dachte sie daran, dass das Alter ihr das nicht gewähren würde, so auszusehen, wollüstig und zufrieden, immer neuestens geschminkt und im ganzen happy.

Selina arbeitete täglich weiter in ihrer eigenen Praxis und merkte gar nicht, wie schnell die Jahre vergangen waren. Ihr Studium, die Universität und die Bücher der alten Studienbibliothek waren so weit weg, dass sie fast niesen musste, so sehr fühlte sie deren Staub aufsteigen. Das Leben ist ein Strom und vergänglich, sie wusste das zu genau, ungern erinnerte sie sich an ihre Kindheit mit der Harschheit der Menschen und dem Mangel an Vitaminen. Obwohl sie eigentlich gern ein Kind gewesen war, aber nicht so gern eine Jugendliche, aber sie war sehr folgsam gewesen und hatte nie aufbegehrt oder sie konnte sich nicht erinnern. In der Schule hatte sie hübsch fleißig gelernt und ihre Eltern waren zufrieden, dass sie ein gutes Zeugnis mitbrachte, wobei Selina dann rote Wangen bekam und hastig ihre Bluse glatt strich.

Doch es gab sie noch, die Liebe, denn Selina hatte vor einigen Wochen Oliver kennengelernt, der aus Hamburg kam und den sie bei einem Medizinertreffen gesehen hatte, bis er ihr auf einmal seine Telefonnummer gegeben hatte. Sie musste lächeln, aha, er hatte also gemerkt, dass sie ganz hübsch geraten war. Oliver und Selina kamen recht schnell zusammen, denn er zog bereits nach einem Monat von Hamburg zu ihr und verlegt seine Praxis ebenso. Sie suchten nach einem geeigneten Haus im Umkreis der Stadt, am Rande sollte es sein, denn sie wollten Ruhe und Natur gleichermaßen. Oliver liebte Selinas Lächeln, das kleine Fältchen hatte, aber ihre Haut war ebenmäßig und ihr Körper schön und schlank. Wenn sie aus der Dusche stieg und sich in ihr Handtuch wickelte, duftete sie nach Jasminzweigen und Lavendelblüten. Selina fühlte sich mit ihm etwas seltsam, aber es schmeichelte ihr, dass er sie so liebte und sie war froh, dass sie dieses Glück hatte, ihn kennengelernt zu haben. Sie konnte sich ja gar nicht erinnern, jemals ohne ihn gewesen zu sein. Doch das war auch nicht ganz wahr, denn sie liebte ihn schon, nur der Verdacht schwante ihr, dass da mehr auf seiner Seite für sie war und das machte sie auch etwas verlegen, da sie keinerlei Erfahrungen damit hatte. Ihre Mutter war darüber etwas erstaunt, als sie ihn ihr vorstellte. Doch er war natürlich so gekonnt darin, auch sie einzunehmen, dass es Selina dann schon unangenehm wurde.

Im Herbst hatten sie dann den Termin zum Einzug in das Haus und beide waren froh darüber. Selina schloss ihre Praxis zu, lief über die Straße und hatte beinahe das herannahende Auto übersehen. Quietschend hielt es und sie ging auf den Gehweg zurück und es war ihr dann peinlich, denn der Fahrer war doch sichtlich erbost und verärgert, weil er da so bremsen musste. Selina bog schnell in die nächste Straße ab, denn sie wollte auf keinen Fall mit dem da im Auto noch sprechen müssen. Eilig lief sie den Gehweg entlang, überquerte die Kreuzung an der grünen Ampel und kam schließlich doch noch an Olivers Praxis rechtzeitig an. Es brannte kein Licht mehr, er saß schon in seinem Auto und telefonierte. Sie klopfte an die Scheibe und er sah sie und sie stieg an. Gemeinsam fuhren sie zu ihrem neuen, schönen Haus. Dort angekommen, umarmten sie sich, küssten sich und er streichelte ihre Haare sanft aus dem Gesicht. Sie waren endlich im neuen Heim, es war der Tag da, wo sie hier wohnen würden. Selina stieg im Flur über einige Malereimer, die die Handwerker noch da stehen gelassen hatten. Auch die Planen lagen noch herum, sie hatten doch versprochen gehabt, das zu erledigen. Selina ärgerte sich etwas darüber, aber biss sich auf die Lippen, denn zumindest im Wohnzimmer war es doch schon ganz gemütlich geworden. Oliver hing seine Jacke auf und beide sahen sich lange an.

Nicht lange nach dem Einzug war Selina schwanger. Sie fragte sich, was sie mit ihrer Praxis machen sollte, denn Oliver schien verärgert, als sie sagte, sie brauche eine Vertretung. Na Männer eben, die denken, dass man doch auch mit Kind im Arm Patienten betreuen kann. Karolina gab ihr den Tipp, eine Art Nanny zu engagieren, vielleicht 2 Monate ganz zu schließen und danach eben mit der Kinderfrau das alles zu regeln. Karolina war ein Goldstück! Selbst Selinas Mutter fand diesen Vorschlag gut und auch Oliver war damit zufrieden. Ein Haus mit Mann und Kind, Selina hatte es doch noch geschafft. Ihre Oma wäre doch sicher stolz auf sie. Schwanger sein war für Selina eine ganz neue Sache, aber sie freute sich auf das Baby, nur die Patienten waren doch etwas unfreundlich geworden, als sie merkten, dass sie ein Kind erwartete. Jeden tag kam sie in die Praxis mit dem kleinen

Stern unter dem Herzen. Selina war doch etwas stolz auf sich! Sie ging mit ihrer Mutter bereits in den Läden nach Kleidung, Babywagen und allem für das Kinderzimmer schauen. Es sollte ein kleiner Junge werden, so viel wussten sie und Oliver bereits, daher wurde natürlich alles in blau gekauft und ihre Mutter blühte richtig auf, als sie zusammen das Zimmer des Kleinen planten. Oliver kam oft spät nach Hause, aber er war glücklich, so eine tolle Frau zu haben. Obwohl er eigentlich echt gut aussah, machte er nicht so einen auf arrogant. Sie waren bei einem Fotografen gewesen, um dort einige Fotos zu machen. Selinas runder Bauch in einem sanften rosafarbenen Kleid, das sah alles sehr schön aus.

Der kleine Samuel erblickte im Hochsommer das Licht der Welt und hatte schon bald einen festen Platz im Herzen von Selinas Mutter, die zu einer Art Superoma wurde. Selina war es schon manchmal zu viel, vor allem gab es auch noch diese Nanny, die bei ihr ein- und ausging, aber der Kleine brauchte viel Aufmerksamkeit und da Selina wirklich schon bald wieder arbeiten ging, war sie auch froh, dass das alles so gut zu funktionieren schien. Abends brachte sie den Kleinen nach dem Baden in sein Bett, stellte eine Spieluhr an und zählte kleine Wolkenschafe, die über sein Bett sprangen. Die Nächte waren oft nicht einfach, da Samuel öfter aufwachte und dann entweder Oliver oder Selina ihn aus dem Bettchen nahmen und herumtrugen, damit er sich wieder beruhigte und weiter schlief. Morgens sah sie im Spiegel oft Schatten unter ihren Augen und ihr Gesicht war irgendwie länger geworden. Sie kämmte sich und auf dem Weg zur Praxis rief sie Oliver an, aber er ging nicht ran. So sahen sie sich erst am späteren Abend und er küsste sie.

Die Sonne schien hell herab und es glühten die Wangen der Menschen, so warm war es schon morgens geworden. Die Hitze stieg in den Straßen herauf. Manche Menschen mögen das warme Wetter, andere nicht. „Wo bist du?", fragte Karolina am Telefon. „Ach, wir sind gestern auf Fuerteventura gelandet, es ist alles mega schön und fast zu heiß, der Kleine hat schon im Pool viel gebadet und das Buffet ist jeden Tag…." Selina plapperte drauf los, denn sie waren endlich im langersehnten Urlaub. Zum ersten Mal zu dritt und Karolinas Stimme hörte sich weit weg an, als sie sagte: „Selina, denk an den Sonnenschutz und geht nicht in die Berge mit dem Kleinen!" Samuel war mittlerweile fast ein Jahr alt und fing an zu laufen, er saß im Babyschwimmbecken und planschte munter im blauen Wasser. Selinas Mutter wäre am liebsten mitgekommen, doch Selina hatte einfach nur für drei gebucht und damit war es für sie erledigt, denn etwas Zeit wollte sie auch mit ihren Lieben verbringen. Oliver war nach drei Tagen knusprig braun und entspannte sich sichtlich am Pool, er lag in seiner Sonnenliege und Selina versuchte nicht daran zu denken, dass sie doch Glück hatte. Ihr kleiner Sohn war völlig begeistert und mittags machte er im Zimmer eine Siesta, in der er wirklich schön schlief. Nur nachts wachte er weiterhin öfter auf und strapazierte den Schlaf seiner Eltern. Dennoch wunderte sich Selina, wie geduldig Oliver war, und wie er auch den kleinen beruhigte, wenn er schlecht geträumt hatte.

Sie hören natürlich auf Karolina und gingen nicht in die gefährlich wirkenden Bergketten, die fast bedrohlich am Horizont auf die Ferienidylle schauten. Am Ferienpool and manchen Tages am Meer konnten sie mit Samuel gute Ferientage verbringen, die ihnen viel Kraft gaben, denn die wärmende Sonne gefiel ihnen allen sehr und auch dass abends immer etwas los war, aber ohne dass es zu laut war. Oliver schenkte Selina in diesem Urlaub eine schöne Kette mit Muscheln, die Selina etwas kitschig fand, aber sie sagte das nicht zu ihm. Muscheln, ja, das ist Meer und Urlaub. Doch wie schnell landeten sie wieder in ihrem Alltag, als die Ferien endeten.

Samuel ging es blendend, er ging jetzt in den Kindergarten „Am Wiesenbächle" und hatte dort einige Zwergenfreunde gefunden, wie Selina es nannte. Der Kleine war goldig geraten, er hatte in seiner Oma, Selinas Mutter, seinen größten Fan gefunden. Olivers Eltern lebten in Hamburg und sahen ihren Enkel selten, dennoch waren sie auch sehr froh gewesen, als er geboren wurde. Selina schickte ihnen Fotos des Kindes und sie antworteten immer sofort und bald würden sie ihn auch besuchen. Im Kindergarten war es recht famos, dort sammelte man vormittags draußen Material und nachmittags wurde damit gebastelt und gespielt. Die Kinder lernten, dass die Natur ein wertvolles Gut ist und dass es viele Möglichkeiten gibt mit Steinen, Sand, getrockneten Blättern und Zweigen etwas nützliches oder lustiges herzustellen. Manchen gelang das nicht so gut, aber die Erzieherinnen halfen den kleinen Händen dabei, kleine Steinmännchen zu basteln und Bücher mit getrockneten Blättern anzulegen. Aus Sand hatten die Kinder bunten Kerzensand gemacht, der den Mamas, Papas, Omas, Opas, Tanten und Onkel stolz in alten Marmeladengläsern überbracht wurde. Selina schaute das Teelicht an, das ihr kleiner Sohn gemacht hatte, es stand direkt bei dem alten Foto ihrer eigenen Oma mit ihrem

Geliebten, der schon so lange nicht mehr lebte. Sie musste doch ein bisschen an sie denken.

Sabrina hatte gekündigt, da sie mit ihrem Freund in eine andere Stadt ziehen wollte. Selina seufzte, dann musste sie eben ertsmal nur eine Arzthelfern beschäftigen, denn so schnell konnte sie auch keine neue finden. Daher war es nun wieder etwas mehr zu tun, aber Selina würde das schon schaffen und Sabrina suchte ihr Glück nun anderswo. Glück, das suchten alle, das war damals so und heute immer noch, wenn man es findet, sollte man es ganz fest halten, denn es ist vergänglich.

In der Erkältungs- und Schnupfenzeit, sprich vor allem im Frühling und Herbst summte es in der Praxis wie im Bienenschlag. Selina verschrieb wenig, denn Erkältungen kuriert man am besten mit viel Trinken, Lutschpastillen und Ruhe bzw. später auch längeren Aufenthalten an der frischen Luft aus. Ein Patentmittel gegen Schnupfen hatte immernoch niemand erforscht, einzig die Grippeimpfung gab es schon. Selina stöberte oft in den neuesten Recherchezeitschriften aus der Forschung, um auf dem neuesten Stand zu bleiben, denn sie wollte wirklich up to date sein, wenn es um die besten und sichersten Wege und Methoden der Heilung ging. Ein Glück hatte man Papiertaschentücher erfunden, die den Mikroben das Handwerk legen sollten. Eigentlich sollte jeder Mensch Papiertaschentücher bei sich tragen müssen, allein auch aus Rücksicht zu seinen Mitmenschen. Doch viele waren doch Stoffel, die sich nichts sagen ließen, sich nicht an den Medikamentenplan hielten, denn manche hatten das nie gelernt, dass jeder Tag einen Ablauf hat. Selina und Oliver selbst schienen wie immun zu sein gegen Erkältungen, wie es bei Ärzten so merkwürdigerweise immer so ist, dass diese selbst nie krank wurden. Als ob die weiße Kleidung eine Art Schutz war, den sie überstreiften und dabei von den kleinen gemeinen Quälgeistern, die Krankheiten auslösten, verschont blieben. Nur der kleine Samuel war immer mal krank, denn im Kindergarten steckte er sich immer etwas an, wenn die anderen Kinder schnupften, husteten und fiebrig wurden.

Das Telefon schrillte. Selina wollte nicht rangehen, denn sie war gerade erst zu Hause angekommen und hatte Samuel noch nicht abgeholt. Die Nanny hatte einen kleinen Zettel in der Küche hinterlassen, auf dem sie ihnen mitteilte, alles für heute erledigt zu haben. Selina ging wirklich nicht ran, denn auf einmal ärgerte sie sich, dass sie immer für andere alles tat und sie fühlte sich auf einmal ausgenutzt und der Zettel ärgerte sie, denn sie mochte diese Nanny nicht so richtig, da sie auch kein gutes Deutsch sprach und oft üble Laune hatte. Das war doch bestimmt nicht das Richtige für Samuel? Oliver war noch nicht wieder zu Hause von seiner Arbeit, denn er hatte als Chirurg viele schwierige Fälle. Selina war zwar froh, dass sie dieses schöne Haus hatte, nur diese Leere, die auf einmal in ihr aufstieg, ließ sie frösteln. Sie beschloss, dass es nun an der Zeit war, sich etwas auszuruhen, daher ging sie zu ihrem Sofa und kuschelte sich in eine Decke. Sofort war sie vor lauter Erschöpfung eingeschlafen.

Als sie erwachte, war es an der Zeit, den Kleinen abzuholen und sie machte sich auf den Weg. Samuel wollte gar nicht nach Hause, denn als sie im Kindergarten ankam, war er mit den anderen Kindern bei einer Beschäftigung. Sie saßen an kleinen Tischen und hatten alle Wachsmalstifte in den Händen, mit denen sie Ausmalbilder gestalteten. Für manche war das noch etwas schwer, sie kritzelten mehr mit den Stiften, aber Samuels ausgemalter Drache sah ganz gut aus, er war rot, grün, blau und spie gelbes Feuer. Seine Flügel hatte er noch nicht ausgemalt, es sah so aus, als ob der Drachen gleich vom Papier fliegen wolle zu den anderen Kindern oder hinaus auf den kleinen Spielplatz, um auf einer Schaukel oder der Holzwippe Platz zu nehmen. Als Samuel nun seine Mutti sah, war er aber dennoch plötzlich froh, denn nun war der Kindergartentag auch einmal vorbei und sie würden nach Hause gehen, denn Samuel sah auch sehr müde aus und hatte leicht gerötete Wangen. Bestimmt wollte er in sein Kinderzimmer und in Ruhe etwas schlafen. Als sie an ihrem Haus ankamen, schnurrte schon Kater Karlo um sie herum. Das war die Nachbarskatze, die gern mal bei ihnen auf der Terrasse oder dem kleinen Garten vorbeischaute und auf ein Schälchen Milch hoffte. Aber sie gaben ihm nichts, da die Nachbarin das nicht wollte, aber streicheln tat der kleine Junge das Katerchen schon. Dieser war ganz zufrieden damit und zog wieder von dannen auf dem Weg zu neuen Katzenabenteuern. So ein Katzenleben bestand aus viel Schlafen, dem Frauchen schöne Augen machen, etwas schnurren und nachts ein paar Grillen jagen. Die Menschen mochten den Kater, das merkte dieser und war froh darüber.

Ein Jahr war schon wieder vergangen, Samuel war gewachsen und seine Eltern freuten sich, dass er so ein lustiger und lieber Junge geworden war. Er spielte in seinem Zimmer nun viel mit kleinen Spielzeugautos, wobei auch Oliver daran einigen Gefallen gefunden hatte. Sie bauten eine Garage für diese und abends, bevor Samuel ins Bett sollte, fuhren alle seine Autos in die Spielzeuggarage und mussten sich dort auf eigens eingezeichneten kleinen Parkplätzen abstellen. Wenn die Autos in ihrer Schlafgarage waren, dann legte sich Samuel in sein Bett und sie stellten ihm die aufgesprochene Gute-Nacht-Geschichte an. Manchmal wollte er noch etwas Tee oder musste Pipi, aber meistens schlief er recht schnell ein, während die Geschichte noch einige Minuten weiter lief und von Bären, Hühnern, einem Bauernhof und dem Herrn Mond unter dem Himmelszelt erzählte. Selina dachte an ihre eigene Kindheit. Sie konnte sich gar nicht an so etwas erinnern, aber Oliver sagte, so sei es bei ihm auch gewesen. Doch er kam ja auch aus Hamburg und damit aus Westdeutschland, das war doch bei ihnen anscheinend alles etwas anders gewesen. Seine Eltern hatten auch Geld, sie war einmal mit dort gewesen und es war alles sehr nobel und ohne den geringste Unordnung. Sie fand das alles sehr streng, aber gut, das war eben auch eine andere Welt dort und dafür war das Wetter sehr übel gewesen, es hatte geregnet und gewindet, so dass ihre Haare nach jedem Spaziergang nicht mehr so richtig gut aussahen und sie war auch einmal richtig nass geworden trotz des Regenschirmes, den sie bei sich hatten. Deswegen beneidete sie die Menschen in Hamburg nicht, denn solch mieses Wetter konnte einem sicher den Tag verderben. Obgleich diese Einwohner das sicher gewohnt waren und sich daher nicht beklagten.

Im Sommer waren sie dieses Jahr in der Türkei. Dort hatten sie eine guten Ferienanlage gefunden, in der auch ein Kinderprogramm und ein Kinderpool angeboten wurde, so dass auch ihr Sohn dort auf seine Kosten kam. Oliver hatte das herausgesucht, da er dort schon immer einmal Urlaub machen wollte. Es war warm, sonnig und überall gab es Palmen, wenn man nach draußen ging. Das Meer war ruhig und schön und es gab kaum Wellen darauf. Die Menschen am Strand lagen in der Sonne oder sogar im Schatten, wenn es ihnen zu warm wurde, holten sie sich an Erfrischung an den Strandbars oder gingen etwas im Meer schwimmen. Mit Samuel waren sie viel am Sandstrand und er baute kleine Tunnel und Burgen. Seine kleinen Füße hinterließen Spuren im Sand und er versuchte sie immer wieder zu verwischen, damit keiner wusste, wo er mit seinen Eltern den Tag am Strand verbrachte. Im Hotel war auch Karolina mit Mann und Kind, daher war der Urlaub ganz vergnüglich, denn alle verstanden sich gut und konnten so eine Weile abschalten und das gute Wetter bei leckerem Essen genießen. Die Kellner waren adrett angezogen und lieferten immer wieder die feinsten Speisen und Getränke, sobald etwas alle geworden war, denn der Gast hatte hier die oberste Priorität erlangt und das bewiesen sie jeden Tag aufs Neue. Einmal machten Oliver, Selina und Samuel einen kleinen Landausflug und sahen sogar Ziegen und Schafe, die an Grasbüscheln weideten und zur Milchherstellung gehalten wurden. Sie kauften etwas einheimischen Käse und kosteten diesen mit einem Glas Landwein und Brot. Der Bauer lachte mit einer Zahnlücke. Sie gaben ihm etwas Geld und kehrten wieder zurück in ihr Hotel, wo es von allen Annehmlichkeiten etwas gab. Der Urlaub verging und der Alltag hatte sie alle bald wieder. Der kleine Samuel war traurig, denn das Spielen bei diesem Wetter war natürlich schöner als im kalten Deutschland. Hier hatte er immer kurze Hosen an und alle waren auch etwas gebräunt, so dass man sagten konnte, dass der Urlaub für alle wirklich schön gewesen war.

Später im Oktober konnten sie endlich in ihrem Haus den Kamin einweihen und es knisterte behaglich, als das Feuer das Holz anknabberte und einige Flammen nach oben zündelten. Samuel hatte strengstes Verbot sich dem Kamin zu nähern und nur Oliver legte das Holz auf. Eine Glasschutztür sicherte das offene Feuer ab. Das Wohnzimmer wurde sofort behaglich warm und Selinas Mutter kam nun noch öfter vorbei, um sich bei ihnen „auszuwärmen", wie sie es sagte.

Die Nanny hatte Selina entlassen müssen, sie war dann immer unzuverlässiger geworden, kam auch tageweise zu spät und rechnete nicht richtig ab. Samuel hatte sie zwar schon gemocht, aber so war es nun, das Leben, alles kam und ging und änderte sich rasch. Das kleiner werdende Feuer im neuen Kamin konnte eine Geschichte davon erzählen, wie alles verging und weniger wurde. So war es immer, so würde es immer sein, denn wie das Glück, das man suchte, so verging auch alles und kam nicht wieder. Ein kleiner Funken tanzte über dem Holz, das im Kamin brannte, er erlosch plötzlich und zurück blieben kleine schwarze Pünktchen.

Nachwort

Selina und Oliver, sie blieben glücklich beieinander. Das Leben zog auch für sie dahin, aber sie hatten noch so viel zu erleben und zu erfahren, dass alles, was sie betrifft, nur noch diese beiden etwas angeht. Samuel und seine Oma spielten zusammen im Garten Räuber und Gendarm, Karolina lachte immer, wenn Selina ihr das erzählte. Ärzte werden immer gebraucht, daher machen wir uns keine Sorgen und Selina, sie war ein junges Mädchen gewesen und zu einer gestandenen Frau ist sie geworden. Man merkte nicht wie die Tage und Monate dahinglitten, Mai, Juni, August, nur der Garten des Hauses zeigte es an, der alte Birnenbaum warf rote und gelbe Blätter ab, schließlich war er schneebedeckt, dann wieder mit Knospen übersäht und mit Grün und einigen Früchten behangen. Der Rasen war meist kurz gehalten, zum Spielen sehr schön und dass im Sommer der kleine Pool nach draußen geholt werden konnte zum Planschen.

Verlag: BoD · Books on Demand GmbH, In de Tarpen 42,
22848 Norderstedt, bod@bod.de
Druck: Libri Plureos GmbH, Friedensallee 273,
22763 Hamburg
ISBN: 978-3-7693-5365-5

FSC
www.fsc.org
MIX
Papier aus ver-
antwortungsvollen
Quellen
Paper from
responsible sources
FSC® C105338